ZOÉ ET L'ÉLIXIR OF ETERNAL LIFE

Tip TONGUE

DES ROMANS QUI PASSENT PETIT À PETIT EN ANGLAIS

Tip Tongue, c'est un voyage en immersion

Le héros, un jeune Français comme le lecteur, part en voyage dans un pays étranger et vit une aventure aux côtés de personnages qui parlent… anglais. Comme dans la vraie vie !

Avec Tip Tongue, lire de l'anglais devient naturel

Pas besoin de dictionnaire ! Au début du roman, la langue étrangère se trouve seulement dans les dialogues, puis elle entre petit à petit dans la narration. Le lecteur comprend tout grâce aux stratégies des personnages pour communiquer. Le dernier chapitre est à 100 % en anglais.

L'audio-book

Chaque titre offre une version intégrale audio téléchargeable. Un véritable bain de langue avec des accents authentiques pour découvrir comment se prononce un mot en langue étrangère au moment où on le lit !

SYROS LIVE

TÉLÉCHARGEZ L'APPLI SYROS LIVE ET SCANNEZ LA COUVERTURE DES ROMANS POUR OBTENIR LEUR VERSION AUDIO.

Tip Tongue se décline en anglais, espagnol, allemand... et pour tous les âges, de 8 à 17 ans.

La collection a obtenu en 2015 le **Label européen des langues**, récompensant l'excellence en matière d'apprentissage innovant. Chaque roman correspond à un niveau cible du **CECRL** (Cadre européen commun de référence pour les langues), sur lequel sont basés les programmes scolaires :

A1 (primaire et 6e), A2 (collège), B1 (lycée).

Se passionner

S'immerger

S'amuser

Être en empathie avec les personnages

Partager

Être encouragé, motivé

Être bienveillant

Répéter

Être créatif

Lire de bonnes histoires

S'améliorer

TIP TONGUE, C'EST UN ÉTAT D'ESPRIT : PLAISIR, CURIOSITÉ, CONFIANCE EN SOI !

Tip TONGUE

Une collection dirigée par Stéphanie Benson

Label européen des langues

En partenariat avec l'UFR Langues et Civilisations
Université Bordeaux-Montaigne.

www.tiptongue.u-bordeaux-montaigne.fr

Université BORDEAUX MONTAIGNE

Illustrations de Clément Rizzo

ISBN : 978-2-74-852357-7

HERVÉ JUBERT

ZOÉ ET L'ÉLIXIR OF ETERNAL LIFE

SYROS

Chapter One

SEVEN DAYS

Et voilà ! C'est la lose. Du verbe anglais « to lose », « perdre ». Hé oui, j'ai quelques connaissances dans la langue de Shakespeare, mais bon, ça n'a pas suffi. J'ai ramené un neuf de moyenne en anglais à la fin du premier trimestre. Appréciation de la prof : *A de réelles capacités, mais ne les développe pas*. Bon, effectivement, je n'avais pas fourni d'énormes efforts, je pensais que mon intelligence naturelle emporterait le morceau, j'ai joué et perdu. Du coup, j'ai eu droit à la totale : une correspondante à qui il faut écrire (l'horreur) et, pire que tout, chez qui je dois passer une semaine pendant les vacances de février. Sept jours... seven days... à comprendre le quart de la moitié de ce qu'on me dit. À manger des trucs bizarres. À me transformer en grenouille (« frog » !) sous la pluie, puisque les Anglais nous appellent, nous les Français, des « Frogs ». Et ne comptez pas sur moi pour chanter à tue-tête *I'm singing in the rain* !

Enfin, sept jours moins un. Je suis arrivée hier soir. Nicky, ma correspondante (raccourci pour Nicola qui, bizarrement, est un prénom de fille en Angleterre), est venue me chercher à la descente du ferry à Brighton avec son papa (« dad » in English) et sa maman (« mum »). Ses darons, en gros. Mes parents m'avaient déposée à Calais. J'ai bien cru qu'ils allaient monter sur le bateau. Ils avaient peur que je m'enfuie ou quoi ?

Bref, Nicky était là avec Daddy (autre mot pour Papa, plus mignon, genre papinou) and Mummy (*idem* concernant Maman), et je dois reconnaître qu'ils semblent tous super cool. Surtout Nicky. Elle a les cheveux rouges et elle se déplace en longboard. Kessadire ? J'ai consulté le traducteur automatique sur mon smartphone qui m'a répondu « planche longue ». En fait, c'est comme un skateboard mais en plus long. Malheureusement, elle parle encore moins le français que je ne cause British. Donc, nos premiers échanges ont été un peu bizarres.

Elle : Hi Zoe. I'm Nicky! How are you?

Là, ça allait niveau compréhension. Depuis l'école primaire, on nous rebat les oreilles avec les « basics » et, à force, ça rentre. Bonjour, je m'appelle Nicky ! Comment vas-tu ? (ou « Comment allez-vous ? » parce qu'il n'y a qu'un moyen de dire « tu/vous » en anglais, qu'on soit tout seul ou dix mille, c'est « you »). Pour répondre à la question, par contre, j'ai fait un blocage. L'anglais ne venait pas. Ma réponse a donc été la suivante :

Moi : Euhhhh... bien et toi ?

Elle : Zoe, I'm sorry, I don't speak French.

Elle est désolée, elle cause pas la grenouille, mais elle, on ne le lui reproche pas. Nous voilà bien parties. On monte dans la voiture de ses parents dans le silence le plus absolu. Ils disent des trucs, je ne comprends pas. Au bout d'un moment, Nicky se tourne vers moi :

– Our house isn't very big. We'll sleep in the same room. Is that a problem for you?

Le « is that a problem », seul truc que je saisis, associé à son sourire, m'incite à répondre : « No, no problem », avant de faire un effort pour vraiment comprendre. Elle a parlé de « house », « maison », et de « big », que je connais à cause du Big Mac, « grand », et j'ai cru entendre « isn't ». J'en déduis que sa maison n'est pas très grande. Mais la suite ? Je prends mon courage à deux mains et pose la question qu'on répète à chaque cours d'anglais :

– I didn't understand, can you repeat, please?

Elle répète le début en dessinant une maison dans l'air et en en réduisant la taille. J'avais vu juste pour la première partie. Puis elle mime un carré, quelqu'un en train de dormir, et finit par me montrer, puis elle-même. Un carré, dormir, elle et moi. On va dormir ensemble ?

– We'll sleep in the same room, répète-t-elle, et cette fois je pige.

Dans la même chambre. Bien sûr, aucun problème.

– No problem.

– Great! We'll soon be home!

Je consulte mon téléphone discrétos. « Soon », « bientôt ». On sera bientôt à la « home sweet home », comme dans les dessins animés. Chouette.

Que je vous décrive la « home ». Une vraie maison de poupées, comme chez les parents adoptifs de Harry Potter. Propre. Rangée. Pas comme ma chambre. Et sans petit frère !

On mange. On parle... en s'aidant avec les mains et force mimiques. J'apprends que Nicky veut travailler dans le dessin animé (« cartoons »), d'ailleurs, elle dessine super bien ;

qu'elle n'a pas de petit copain (« no boyfriend ») ; et qu'elle a des...

– I have secrets, dit-elle d'une voix mystérieuse.

C'est le même mot en français et en anglais. Sauf que, chez eux, il se prononce « sciecrites ». Et alors ? Tout le monde en a, des secrets, non ?

– I'll show you tomorrow, me promet-elle avec une tête de conspiratrice.

Je suis naze. Épuisée. « Exhausted », d'après mon téléphone. Les secrets attendront bien demain. Je me glisse sous ma couette. Nous nous souhaitons bonne nuit (« Good night! »).

Avant de m'endormir, je me rappelle un conseil donné par ma mère qui a vécu ce genre d'expérience, au même âge que moi : « Tu seras sans doute perdue, au début. Ne t'inquiète pas. Tu connais beaucoup de mots anglais sans le savoir. Repère ceux qui te semblent importants. À défaut de comprendre exactement ce qu'on te dit, tu saisiras le sens global. Ton esprit sera connecté à celui de ton interlocuteur. »

Merci pour le conseil ! Je vais connecter mon esprit. Sur ce, je m'endors, encore portée par le balancement du ferry.

Au réveil, je découvre cette chambre étrangère, je me rappelle ce que je fais là. Le lit de Nicky est défait. Je descends sur la pointe des pieds. Le petit déjeuner (« breakfast ») m'attend. Et Nicky. On m'avait prévenue, mais les Anglais s'y connaissent en breakfast ! Je mange comme quinze. Et, en mangeant, je me détends un peu, côté langue anglaise. Je prends mon temps pour essayer, comme en cours, de faire des phrases.

Moi (entre deux bouchées d'œufs brouillés, « scrambled eggs ») : What we do today?

Nicky (sirotant son « tea ») : What shall we do today? What about a visit of Brighton?

Elle me propose de visiter Brighton ? Cool! Mais j'espère qu'on ne va pas être encadrées par les parents. Comment dire ça ?

Moi (avant d'attaquer une saucisse, « sausage », qui me fait de l'œil) : Just… nous deux… we two? Me and you?

J'ai un peu la sensation de dire les paroles d'une mauvaise chanson d'amour. Nicky éclate de rire :

– Yes! There will only be the two of us. We are free!

Et il fait beau, contre toute attente. Je finis mon assiette rapido, me douche rapido et rejoins rapido Nicky qui m'attend sur le perron, entre deux carrés de gazon parfaitement tondus, sans son longboard.

– Otherwise, you'd have to run behind me, explique-t-elle en me mimant moi, en train de courir derrière elle.

Effectivement, c'est sympa de m'épargner ça.

Et nous partons dans le matin lumineux…

BRIGHTON = ville où habite Nichy

Chapter Two

NICOLA'S SECRET

Commençons par un peu de culture locale. Brighton se situe sur la côte sud de l'Angleterre. La ville est connue pour sa jetée de fête foraine (« pier », qui se prononce « pire »), sa tour de l'horloge (« clock tower », « clock » pour « horloge », et « tower »... je vous laisse deviner), sa « wheel » (ça se prononce « oui-le » et ça veut dire « roue » ; en fait, la « wheel » de Brighton est une grande roue comme celle qui a été dressée à Paris, place de la Concorde) et son Pavillon royal ou « Royal Pavilion ». Plutôt un château royal.

Ou une bizarrerie architecturale royale. Un Truc Royal, quoi !

Brighton est une ville sympa. Les gens flânent. Il y a plus de petits restos exotiques que chez nous (indiens, chinois, etc.) et des « fish and chips » à chaque coin de rue, où on mange du poisson frit avec des frites. Ultra-gras. Je vous raconte pas. Les Anglais ont l'air moins coincés que les Français. Ils sont plus ouverts. Ici se croisent des gens du monde entier et ça ne semble pas poser de problèmes. Bien loin du climat parisien, pesant. Les attentats n'ont pas aidé.

Donc, on se promène. Sur la plage. Sous le « pier » à marée basse. Le long de la digue. On grignote dans un « fish and chips ». Ultra-gras comme prévu. Nicky retrouve des copains dans un parc en début d'après-midi. Là, je suis larguée. Ils parlent trop vite pour que je comprenne quoi que ce soit. Et ils n'arrêtent pas de rigoler en me jetant des coups d'œil. Ça me met mal à l'aise. Dans la bande, il y a un punk avec une crête arc-en-ciel. J'hallucine.

À seize heures, Nicky devient grave (ce qui ne doit pas lui arriver souvent). On a quitté ses potes et elle me dit :

– It's time to show you my secret.

Retour aux choses sérieuses. Je dois, de nouveau, solliciter mes formidables capacités intellectuelles pour essayer de comprendre. « Time » (qui se prononce « taillem », super bizarre) égale « temps ». Je le sais pour avoir affronté mon petit frère dans des jeux de combat. Je le mets au tapis avant la fin du chrono (« time up »). « To show »... C'est un verbe. Mon téléphone à la rescousse ! « Montrer ». Ah ouais ! Le show business, c'est le business de ceux qui se montrent ! Malin ! « Scie-crite », ça va. C'est sous contrôle. Donc, le moment est venu pour Nicky de me montrer son secret.

Elle me fixe, les mains sur les hanches, l'air de se demander si on lui a envoyé la Française la plus demeurée du troupeau.

– D'accord, je réponds. Enfin... Okay!

– Follow me, ajoute-t-elle avec le geste universel de l'index qui signifie : « Suis-moi. »

Je suis disciplinée et en pays ennemi.

J'obéis.

Je ne sais pas à quoi m'attendre. Un skatepark clandestin ? Un local cachant des tenues de justicières de la nuit (j'adore Wonder Woman) ! Bref, un truc rock'n'roll ?

On prend le bus jusqu'à la banlieue de Brighton et on en descend devant un petit immeuble au pied duquel discutent des groupes d'hommes. En les voyant, je pense immédiatement aux migrants qui tentent d'atteindre l'Angleterre. On en a vu, avec mes parents, à Calais, avant de monter sur le ferry. Je ne me trompe pas. Nicky m'a emmenée dans un centre d'accueil pour réfugiés.

– What is the plan? je lui demande, au pied des marches, inquiète.

Elle fronce les sourcils, à cause de mon accent ou de mon hésitation (Wonder Woman, tu parles !) ou de cette phrase anglaise signifiant « quel est le plan ? » (mais vous l'aviez déjà compris), miraculeusement produite par mon encéphale. Elle me redit :

– Follow me!

Ajoutant :

– And trust me!

« Treuste » ? Alors là, je suis larguée. Mais son ton et son regard me disent que je peux lui faire confiance. Donc, je la treuste. Ça m'embête, c'est pas vraiment ce son, plutôt un « euh » immédiatement suivi d'un « ah » : « treuaste ». Je suis Nicky qui sait exactement où elle va : au deuxième étage, au bout d'un couloir, dans ce qui ressemble à une salle de classe. Elle lance à ceux qui se trouvent à l'intérieur :

– Hello everybody!

Sur le seuil, j'hésite. Une dizaine d'adolescents, filles et garçons, viennent de répondre dans un bel ensemble :

– Hello Nicky!

– How are you?

– Fine! How are you?

Elle m'attrape par la manche et me tire à l'intérieur.

– Look everybody. This is Zoe. She's French! And her English is awful!

Je vire au rouge tomate. Dix paires d'yeux scannent la petite Frenchie dont l'anglais est... « awful » ? Pas besoin de traducteur, vu le ton de sa voix. Affreux. Nul. Minable. J'ai juste envie de fuir. Mais Nicky ferme la porte derrière moi. Elle s'assied sur le bureau, me montre une chaise libre, à côté d'un garçon brun qui porte une chemise bleue comme ses yeux, et lance :

– So, what shall we talk about today?

Vous vous demandez ce que fabrique Nicky dans cette salle de classe ? Les adolescents n'aiment pas être enfermés, nous sommes d'accord. Pourtant, ils sont super attentifs. Ils répondent à ses questions dans un anglais hésitant (et aussi « awful » que le mien, thanks Nicky!). Ils prennent des notes. Alors ? Quelqu'un a une idée ? On donne sa langue au chat ?

Nicky fait la conversation aux enfants de migrants le vendredi (Friday) et le mercredi (Wednesday). « To improve their English », comme elle dit. Pour améliorer leur anglais. Elle sacrifie quatre heures de son temps libre par semaine à cette noble tâche.

Vous devez vous dire : « Faire la conversation ? Mega fun comme activité ! Good luck Zoe! T'as dû t'éclater ? » Eh ben ouais, je me suis éclatée. Même si je n'ai pas compris le quart du tiers de la moitié des propos échangés dans cette pièce – et je me rassure en me disant que les autres étaient dans le même cas que moi –, cette conversation à bâtons rompus dégageait une telle énergie que j'ai adoré ce moment.

J'ai même échangé quelques mots avec mon voisin de droite, commençant par la QUB (Question Ultra-Basique) :

– What is your name?

– Jamal. What's yours? Oh, yes, Zoe. Hi.

Puis je me suis lancée carrément dans de la syntaxe complexe :

– Where do you come from, Jamal?

J'ai mimé un avion qui se pose. Il a souri, a corrigé mon geste en montrant une embarcation type Zodiac en train de se dégonfler, ballottée par les vagues, puis quelqu'un qui marche sur les routes et le long des voies de chemin de fer, longtemps. Il n'est pas arrivé jusqu'ici tranquillement assis, transporté à mille kilomètres/heure, en sirotant son Coca offert par la compagnie aérienne. J'ai rougi en comprenant ma bévue.

– I used to live in Syria. In Alepo.

« To live », je connais ce verbe. « Vivre, habiter ». Et « used to » me dit quelque chose. En tout cas, j'ai pigé l'essentiel, il habitait en Syrie.

– What about you? Where do you come from? me demande-t-il.

Son anglais est nettement meilleur que le mien. Aussi, je me contente de répondre :

– Paris.

– Je suis heureux de te rencontrer, ajoute-t-il, in French.

De rouge, je passe à pivoine. Nicky nous observe avec un grand, grand sourire. Grrrr.

– That was fun, wasn't it?

– Yes. That was fun.

Je ne fournis pas un effort surhumain en répétant l'essentiel de sa question. Mais je suis sincère, c'était chouette.

On attend le bus qui doit nous ramener près de la maison pour manger sur le pouce. Après, on sortira.

– TGI Friday! s'exclame soudain Nicky. Thank God It's Friday!

« Dieu merci, c'est vendredi ! » Marrant. À part la langue, c'est la même exclamation que mon père, conducteur de bus à la RATP, pousse à la fin de chaque semaine d'embouteillages, de coups de klaxon, d'usagers malpolis et de piétons suicidaires.

– Jamal is nice, ajoute Nicky avec un clin d'œil. And good-looking.

Je fais semblant de ne pas comprendre. Un type ne peut pas être gentil *et* beau.

– Jamal?

– Don't be stupid. The boy with the blue eyes. Sitting next to you in the classroom.

J'ai tout bien compris mais j'affiche une expression de blonde à couettes qui n'a pas lu le mode d'emploi de son cerveau encore sous blister et garantie.

– Next to you, reprend Nicky en mimant une silhouette imaginaire à ma droite. To your right.

Ah ! Le garçon à côté de moi ! À ma droite ! Celui-là ! Je l'avais à peine remarqué, merci.

Nicky, future prof d'anglais, continue, me montrant sa main gauche :

– Left.

Right. Left. Droite. Gauche. Je me réfugie dans un silence renfrogné. Le bus arrive, providentiel. Les portes s'ouvrent. Nicky présente son passe. Je suis bonne pour acheter un nouveau ticket au conducteur. Je prends un air idiot.

– Two pounds fifty, says the driver.

Deux livres cinquante ! Près de trois euros ! À ce train-là, je vais cramer mon argent de poche en moins de deux. Je parviens à exhumer two pounds et une pièce de fifty pence de ma poche et les donne au chauffeur qui me remet un ticket. Je rejoins Nicky au fond du bus et lui demande :

– What do we do now?

Non pas que j'aie besoin d'un planning détaillé, mais j'aime bien savoir ce qui m'attend.

– Now? We're going home.

– Yes, but what do we do this...

Je cherche le mot pour « soir ». Nicky, télépathe, me vient en aide :

– Evening? You want to know what we're going to do this evening?

À prononcer « ivening ». Qui se termine comme « morning » (matin). Faut que je les mémorise, ceux-là. « Parking » aussi, ça se termine en « -ing ». Mais ça n'a rien à voir.

– Yes. What are we going to do this evening?

– Hey! You speak English! It’s a miracle!

Les voyageurs autour de nous rigolent. Y a une bonne ambiance dans les bus anglais. Meilleure que dans les bus français. Vous pourrez demander à mon père. Les gens se parlent, laissent spontanément leur place à un papy ou à une femme enceinte. J’ai même vu quelqu’un lancer un « bless you » (l’équivalent de « à vos souhaits ») à un inconnu qui venait d’éternuer. Bref, sympa. Ils attendent la réponse de Nicky, eux aussi.

– This evening, we are going to the pier.

La jetée. Le ponton de fête foraine au-dessus de l’eau.

– Good choice, says an Indian en dodelinant de la tête.

– I agree with you, j’ajoute dans un anglais plus que correct.

« Je suis d’accord avec vous. » Comment j’ai réussi à sortir une phrase pareille ? Là, paf, c’est venu tout seul. Comme par enchantement. Nicky me fixe, médusée. Et sourit de nouveau.

– The miracle of love, she says.

Les autres passagers se donnent des coups de coude. Une mamie m'observe, attendrie. Pas besoin de traduction. And no comment, please.

Chapter Three

THE EXTRAS

Je ne vous ai pas beaucoup parlé des parents de Nicky, Tim et Daphne. Elle est secrétaire médicale. Elle me l'avait expliqué avec des mots soigneusement choisis pour une blonde à couettes :

– I take appointments (en me montrant un agenda et un stylo pour que je comprenne qu'elle prenait des rendez-vous) for a group of doctors. And I type (en mimant l'acte de taper à la machine) their letters.

Leur courrier, quoi.

Lui est spécialisé dans les moulins (« mills »). À vent (« windmills »). À eau (« watermills »). À matière noire (« dark matter mills »). Trouvez l'intrus et barrez-le. With a pen.

Ils sont spéciaux, dans le genre sympa, éternels teenagers ayant refusé de vieillir.

D'ailleurs, vous savez pourquoi on est teenager jusqu'à dix-neuf ans ? Non ? Décomposez le mot. Teen. Age. Toujours pas ? Tant pis pour vous. Revenons aux parents de Nicky.

D'après leur fille unique, ils ont trois vies. The first one: They are parents and they love each other very much. (En gros, leur vie de parents et d'amoureux.) The second one: Their work. They both love their work. (Okay, ils aiment leur boulot.) The third one: Their life as dedicated *Docteur Who* fans. (Leur vie en tant que fans de...)

Là, normalement, vous vous exclamez :

– Docteur Qui ?

Comme moi, dans le salon, alors qu'on s'apprête à partir pour le « pier ».

Je vous décris la scène. Tim et Daphne sont vautrés devant la télé. Ils regardent une sorte de cabine téléphonique bleue avalée par un tunnel de plasma sillonné d'éclairs. Les parents, des adultes donc, assis dans leur canapé, pointent chacun un objet étrange en direction de l'écran plat. Il s'agit d'un « sonic screwdriver », m'affranchit Nicky, un tournevis sonique : l'objet fétiche du Doctor Who.

Le Docteur Who dont ils sont fans inconditionnels.

Un docteur ? Ils sont malades ? Comprends pas ! Help!

Le générique de la série qu'ils sont en train de regarder et le début de l'épisode dissipent un peu le smog qui m'embrouille le cerveau. The Doctor, c'est le héros. Okay. C'est une série de science-fiction. Okay. Les effets spéciaux sont plutôt pourris. Pas grave, ça a l'air sympa. Mais je ne comprends pas ce que disent les acteurs. Ils parlent trop vite. They speak too quickly!

En tout cas, je compatis.

– I have the same problem with my family.

Je ne développe pas, mais mon père, ma mère et mon petit frère regardent tous des trucs différents. Des séries urgentistes. Des docus sur les truckers américains. Des dessins animés japonais. Je vous laisse deviner qui regarde quoi. Moi, je m'en fiche. J'ai ma chambre et Internet. Et je regarde des trucs interdits aux gens de mon âge. Comme *Game of Thrones*. Hé, hé.

Nicky me tire dans la cuisine.

– This is more complicated, she assures me. They're not just ordinary fans.

« More or less », je m'en souviens, avec la voix de madame Truchon, ma prof d'anglais. « Plus ou moins ». C'est plus compliqué. Ils ne sont pas des fans ordinaires. Ils sont vraiment atteints, alors ? Dans quel foyer de Grands-Bretons mes parents m'ont-ils envoyée ?

Nicky attrape un papier collé sur le « fridge » avec un « magnet ». Je reconnais le logo de la série qu'ils sont en train de regarder. Ça ressemble à un pense-bête pour un rendez-vous. Je lis :

Royal Pavilion (Okay, le truc royal au centre-ville).

Saturday (soit demain).

8 a.m. to 8 p.m. (???)

Tout plein de cœurs et de smileys ont été ajoutés autour.

Les Anglais ont parfois le chic pour se compliquer la vie. Ils roulent à gauche, comptent en « miles » au lieu de kilomètres, n'ont pas la même monnaie que nous... Sans parler du fait qu'ils vont sortir de l'Europe. Et ils décomposent leurs journées d'une manière super bizarre.

A.m. P.m. Nicky m'a expliqué. « A.m. » est la réduction de « ante meridiem », soit avant midi. « P.m. » est donc la forme réduite de... Celui qui trouve gagne un tour gratuit.

Le mot sur le frigidaire donne donc en français :

Pavillon Royal.

Samedi.

De huit heures du matin à huit heures du soir.

– My parents have been selected to take part in a *Doctor Who* episode, m'annonce Nicky avec fierté.

Je saisis sa phrase en deux temps : les mots d'abord, que je connais (parents/sélectionnés/prendre part/épisode), puis ce qu'ils impliquent.

– They are going take part in a *Doctor Who* episode?

Genre, ils vont jouer dans la série télé ?

– Tomorrow. The Royal Pavilion will be the main set.

– Set?

Nicky me montre la cuisine, la maison, Brighton, l'Angleterre, la planète Terre, l'univers... On se calme. Je tape « set » sur mon téléphone qui me répond « décor ». Le tournage aura lieu dans le fameux pavillon. Nicky continue, enflammée par l'expérience que vont vivre ses géniteurs :

– They have been hired as extras. And the Doctor will be there! They are so excited!

Je fais chauffer le clavier de mon téléphone. « Hired » : « embauché ». « Extras » : « figurants ». « Excited »... Je comprends sans taper.

Donc, pour résumer, les parents de Nicky, fans inconditionnels de cette série, vont participer au tournage qui aura lieu demain à Brighton. Et le Docteur sera présent.

Ça doit faire un moment que vous vous demandez : Who is Doctor Who?

Et là, je vous réponds, après m'être renseignée : il est l'unique survivant de sa planète, détruite par les Daleks. Il se promène dans le temps et dans l'espace à bord de son Tardis (la boîte bleue vue dans le générique) pour sauver le Monde et l'Univers. Et il est toujours accompagné d'une assistante terrienne. Parfois l'assistante vient avec son mari, parfois elle est âgée et parfois c'est un enfant. Le Docteur est tolérant.

Bon. C'est pas tout ça. I'm a teenager. (Toujours pas d'idée concernant le fait que, au-delà de dix-neuf ans, on bascule dans le monde adulte ?) And I'm hungry. J'ai faim. And I'm not angry. Je ne suis pas en colère. Quoique... Quand j'ai faim, je mords.

Nicky est dans le même état que moi. Elle remet la convocation sur le frigo et en sort de quoi confectionner des sandwichs parfaitement British. Triple étage. Ham and cheese. Jambon et fromage. Very Spicy Indian Sauce. Là, vous pouvez deviner. Gherkins. Cornichons. C'est cool, mais je ne voudrais pas commettre d'impair en boudant le repas du soir familial. Je vérifie auprès de Nicky que tout va bien.

– We don't eat with your parents?

Le verbe « manger » m'est revenu sans même que j'aie à chercher. L'intelligence du ventre... Nicky sort une assiette du frigo. Leur dîner.

– Do you want to eat this?

On dirait du poisson pané dans un bain de crème anglaise. Rectification. *C'est* du poisson pané dans de la crème anglaise !

– It's the Doctor's favorite meal. So as dedicated Doctor Who fans, that's what my parents eat when they watch the series. I told you they weren't just ordinary fans.

Le plat préféré du Docteur ? Pas besoin de traduire davantage.

– Euh... no, thank you.

Nous prenons nos sandwichs. Nicky arrache la permission de vingt-deux heures à ses parents, ainsi qu'une poignée de pounds. Nous sortons de cette maison dans laquelle deux adultes n'appartiennent plus à notre dimension. Direction : the pier. À pied, on y sera en vingt minutes.

Alors, cette histoire de teen ? Oui ? Non ?

Comptez de treize à vingt en anglais.

Thirteen.

Fourteen.

Fifteen.

Sixteen.

Seventeen.

Eighteen.

Nineteen...

Twenty!

Happy birthday! Vous sortez de la période teen ! You are an adult!

RAIN
OPEN
MOUNTAIN
Cream
5

Chapter Four

THE PIER

De nuit, la jetée de Brighton est un endroit fantastique, hallucinant, dingue… « A crazy place », comme dit Nicky. Imaginez une fête foraine sur un ponton qui avance au-dessus de l'eau qu'on voit une dizaine de mètres plus bas, entre les lames du plancher, à marée haute. Et il y a tout ce qu'on trouve dans une fête foraine. Des manèges, des trains fantômes, des trampolines, des carrousels, des montagnes russes, des salles de jeux d'arcade…

S'il avait vu les bornes de jeux vidéo, mon

petit frère aurait pété un câble. Heureusement, il est loin.

Nicky commence par m'embarquer pour un tour de train fantôme (« Ghost Train ») sans me demander mon avis. Des squelettes nous tombent dessus. On traverse des toiles d'araignée. Une momie me chope le bras. Terrifiant.

– Wow, that was so creepy! Nicky screams at the end.

À la sortie, je suis obligée de me regarder dans des miroirs déformants pour m'assurer que mes cheveux n'ont pas changé de couleur.

– Did you scream? she asks.

Je dois avoir l'air d'une momie. Nicky pousse un cri à m'exploser les tympans, puis sourit.

– Scream, she repeats. Did you scream?

– Yes, I screamed.

J'avoue, j'ai hurlé.

– Perfect, Nicky smiles. I scream for ice cream! It's time for ice cream, because I screamed and so did you.

Et elle m'entraîne vers un glacier venu d'une autre dimension ou du monde du Doctor, allez savoir.

Le marchand de glaces est installé dans une camionnette qui ressemble à un jouet. Un haut-parleur crache une musique super irritante, comme celles qu'on entend dans les cartes postales sonores.

– What will it be, girls? demande-t-il avec un sourire, comme s'il aimait vraiment son boulot.

Je pointe du doigt ce que j'espère être une glace à la cerise et une autre à la fraise. Il me tend mon cornet. Je goûte. Bingo ! Zoé peut désormais survivre en Angleterre ! Elle a deviné que « cerise » s'écrivait « cherry », et « fraise » « strawberry » ! Trop forte !

Nicky demande deux boules vanille-pistache, et nous déambulons jusqu'au bout de la jetée comme deux vieilles copines. Je me sens bien. Pourtant je ne suis arrivée... qu'hier ? Wouaouh ! Y a pas à tortiller. La perception du temps, c'est un truc super tordu. Surtout en voyage.

Nous nous accoudons à la balustrade et nous contemplons les lumières clignotantes des bouées, au large, qui indiquent les hauts-fonds. C'est comme si nous étions sur un navire. Sans le mal de mer.

– Shit.

Cherry ice cream on my white jeans.

– Merde ? m'interroge Nicky en faisant les gros yeux.

Je souris, penaude.

Je jette la fin de mon cornet dans l'eau et me lèche les doigts tout en essayant de formuler quelque chose de compréhensible, de puissant et de profond. Un truc du genre : « Why this secret about the migrants? » Il me manque un verbe. Pas grave. Je me lance.

Nicky me fixe sans répondre.

– What? I ask.

– You're so curious.

« Curious » comme « curieuse ». Eh oui. Mes parents m'appellent la petite souris. Mini Minnie. C'est comme ça. Je reviens à la charge.

Pourquoi entretient-elle le secret autour de ses conversations avec les migrants ?

– Why not? she answers.

Littéralement : « Pourquoi pas ? » Et, après tout, si elle préfère garder cette activité secrète, ça la regarde. On recommence à marcher le long de la balustrade, direction la plage. Nicky me renvoie la balle :

– What's your secret?

Quel est mon secret ? Hopopop ! On se connaît à peine !

– I have no secret.

Je mens. Je serais kazakh ou burkinabé, Nicky le sentirait pareil. Je mens. Et elle ne lâche pas l'affaire. Coriace, la fille.

– Everybody has a secret. Something you don't talk about. You have one. Tell me.

Mon secret... J'en ai bien un, en effet. Mais comment l'expliquer ? Elle va se moquer de moi. Nicky me donne une bourrade à l'épaule.

– Come on!

J'avale ma salive et avoue, sans consulter mon téléphone :

– I find things.

Eh oui, mon secret, c'est que je trouve des choses.

On ne peut pas être plus clair, ni plus concis, ni plus vague à la fois. Et puis ça sonne bien : I find things.

– You find things? What sort of things?

– Hein ?

« Développe ! » ordonne-t-elle en langue des signes.

Je trouve des trucs dans la rue, sur des bancs, sur des parapets, dans le métro... Gants orphelins, têtes de poupées, livres, tototes... Voilà mon talent : tomber sur ces objets abandonnés. Du coup, je les ramène à la maison. C'est comme une mission. Ma chambre n'étant pas extensible à l'infini, mes parents hurlent souvent. Quand on n'arrive plus à ouvrir la porte, par exemple. Mais les trucs que je déniche ont forcément une histoire. Parfois, ils me la racontent.

À ce propos, sachez que le Tardis, le véhicule du Doctor Who, à l'inverse de ma chambre, est comme le sac de Mary Poppins (ou celui de Hermione Granger pour les Potter maniaques). « It's bigger inside. » C'est beaucoup – mais alors beaucoup – plus grand à l'intérieur. Il m'en faudrait un pour ranger mes objets trouvés sans provoquer l'ire parentale. Je ferme la parenthèse.

Je raconte cela à Nicky. Avec ardeur et sincérité, en anglais trébuchant. À un moment, elle fait un geste de la main : Stop! Et me dit :

– Show me.

Elle veut que je lui montre quoi ? Les objets perdus n'apparaissent pas sur un claquement de doigts !

– Find something.

– You want me...

– To find something. Now. You say it just happens, wherever you are. So, show me.

Je ne suis pas certaine de lui avoir dit tout ça, mais c'est vrai. Où que je sois, je trouve des trucs.

Je me penche par-dessus la balustrade et regarde la zone sombre sous la jetée. La mer a commencé de se retirer en laissant du sable mouillé et...

– Look, I say to Nicky. There.

Elle se penche à son tour, suit des yeux la direction qu'indique mon index.

– What is it?

– I don't know.

– Well, go down and get it then. The stairs are just there.

Je suis son geste, vois des escaliers. Très bien. Je descends les marches encore humides, j'arrive sur le sable gorgé d'eau, plonge la main dans le minilac sous la jetée et me relève en brandissant un objet métallique, une sorte de thermos.

– Tada! je m'exclame. One lost object found, one! Who's the boss now?

Nicky atterrit à mes côtés, m'arrache le thermos de la main et l'approche de la lumière qui filtre du « pier ».

– What is it? she repeats.

– No idea.

L'objet est cylindrique, en métal. Des autocollants bizarres le recouvrent, avec des symboles qui me semblent signifier « danger ». Il est lourd et froid. Je tente de déchiffrer les étiquettes, mais ne reconnais même pas l'écriture. Du russe ? De l'arabe ? Dans un cas comme celui-là, les adultes sont parfois utiles.

– Perhaps we can ask your parents, I suggest.

Mes paroles font l'effet d'une décharge électrique sur Nicky qui regarde sa montre, se met à courir en direction de l'escalier.

– Fuck! Quick! We're late!

Je ne vous traduirai pas la première partie. Toujours est-il que nous remontons le ponton en courant. Nous sommes en retard.

Chapter Five

BIOHAZARD

Les parents de Nicky ne sont pas plus inquiets que cela quand nous rentrons avec une bonne demi-heure de retard. À la télévision, le Doctor est poursuivi par une horde d'aliens vraiment dégueus. Sur la table basse, dans un bol, un reste de poisson pané achève son existence dans un fond de crème anglaise.

Nous montons à l'étage avec notre objet mystère et le posons délicatement sur le bureau, comme s'il pouvait exploser.

– What do you think? Shall we open it? I ask.

Est-ce le suspense ambiant ? Ou le fait que je sois immergée dans le bain anglais depuis vingt-quatre heures ? En tout cas, mes capacités cérébrales côté linguistique sont boostées.

Enfin… quand je dis que mes capacités cérébrales sont boostées… Avec un cerveau en parfait état de marche, j'aurais dû affirmer : « Whatever we do, we certainly don't open it! »

Au lieu de quoi, je cherche un mot dans mon cerveau. Je me demande comment on dit « je me demande », justement, en anglais. J'attrape mon téléphone. « Se demander », « to wonder ». J'aurais dû le savoir, celui-là. Comme Wonder Woman. Sauf que je ne vois pas trop le rapport entre se demander et une super-héroïne. Je me dis qu'il faudra en toucher deux mots à Nicky quand nous aurons identifié l'objet mystère.

Je ferme mon application qui m'embrouille plus qu'autre chose et cherche un terme plus proche du français. Après tout, beaucoup de mots ont traversé la Manche, dans un sens comme dans l'autre. Et j'en connais sans le savoir. Il suffit d'ouvrir son esprit, comme dit ma mère, adepte des trucs bouddhistes.

– I think opening it can be dangerous.

– You think opening it *could* be dangerous, Nicky corrects.

Ma version : l'ouvrir peut être dangereux. « Can » au présent. Avec « could », on est au conditionnel. Si on l'ouvrait (condition), ça pourrait être dangereux.

En effet, j'ai l'impression que les logos qui ornent l'objet en métal disent bien qu'il ne faut surtout pas l'ouvrir. Le plus inquiétant, noir sur fond jaune, ressemble au symbole de risque nucléaire version extraterrestre.

– We need help, Nicky decides.

La chanson des Beatles résonne immédiatement dans mes oreilles (*Help! I need somebody, help! Not just anybody, help, you know I need someone, help!*).

– We can ask your parents, I suggest again.

Nicky me fixe de nouveau de son regard qu'est-ce-que-tu-peux-dire-comme-conneries !

– Do my parents seem reliable adults to you?

J'ai l'impression qu'elle me demande si ses parents sont adultes. Terrain glissant. Je sors mon joker.

– I don't understand.

– My parents, she repeats slowly. Are not reliable. They are *Doctor Who* fans. They point sonic screwdrivers at the TV set. They would get really excited if we showed them this object, they would open it and then say « Oh dear, we shouldn't have done that » as the house burned to the ground.

Je suis perdue.

– What? I don't understand, Nicky.

– Never mind. We do not ask my parents. Okay?

Là, j'ai compris. Mais alors qui ?

– Who? I ask.

Yes! Who? Aide-nous, Doctor !

– We need someone who knows people, Nicky decides.

Puis un petit sourire redresse les coins de ses lèvres et je me dis que je ne vais pas aimer ce qu'elle s'apprête à dire.

– I've got a great idea. Jamal. You know... The boy sitting next to you in the English class. The good-looking one you didn't even see.

Je me tais. Pas la peine de lui donner un nouveau bâton pour me battre.

– He knows everybody at the centre. He knows what they did before, what they're good at.

– Good at?

– Yeah, their special talents or knowledge. And Jamal knows quite a lot about computers.

– Computers?

Nicky me montre son ordinateur.

– Computer. Jamal. Good-looking, blue eyes, you didn't see him. He knows people and computers.

Ah, d'accord ! La blonde à couettes est de retour. Mais j'ai quand même réussi à comprendre que Jamal connaît pas mal de gens et qu'il aime les ordinateurs.

Nicky a déjà sorti son smartphone. Cinq secondes plus tard, elle lance :

– Jamal! Hi, it's Nicky. Listen, can you do me a favour? You remember Zoe. Well, she found this thing on the beach. It's got weird writing on it and even weirder symbols, and we don't know if we should open it or not. If I send you some photos, can you either tell us what's written on it, or tell us whether it's safe to open or not?

Je suis le débit de Nicky tant bien que mal. « Favour », « faveur » ? « Do me a favour », « me faire une faveur » ? « Me rendre un service » ? C'est mieux. « Beach », « plage ». « Weird, weirder ». Là, mon téléphone me vient en aide. « Bizarre, étrange, plus bizarre, plus étrange ». Écriture bizarre et symboles encore plus bizarres, nous sommes d'accord. Et donc Nicky propose d'envoyer des photos pour que Jamal nous donne son avis. À la fin du déchiffrage, je suis plutôt fière de moi. Je prends le machin bizarre pour que Nicky puisse le photographier sous toutes ses rondeurs. Elle envoie les photos, on attend.

Son téléphone a à peine vibré qu'elle a déjà décroché. Elle actionne le haut-parleur pour que je puisse au moins entendre à défaut de comprendre.

– Nicky, I don't know this writing, but maybe I have a friend who does. I ask him, okay? But he does not have a phone, so I have to go to see him, and it's late. I'll go tomorrow morning and call you back. Okay? But don't open the object. Put it in a safe place. One of the signs, I know. It is on the bombs in Alepo. It means biohazard.

Biohazard... Un drôle de mot. Je me tourne vers Nicky qui hausse les épaules. Elle ne sait pas non plus ce que ça signifie, mais un logo sur des bombes n'indique certainement rien de bon.

Le thermos pourrait contenir un truc super dangereux. Put it in a safe place... Mets-le dans un endroit sûr. Nicky pose son téléphone et cherche une cachette adéquate dans la maison. Un placard, en hauteur, dans la cuisine, fait l'affaire. Un thermos qui ressemble comme deux gouttes d'eau au nôtre est rangé au milieu d'une série de mugs à l'effigie de la Royal Family. La poussière accumulée témoigne du caractère non essentiel de tous ces objets. Notre trouvaille y sera bien.

– We need to sleep, says Nicky, yawning. Bedtime!

Moi aussi, je bâille. Le rituel du soir semble bizarre, dit en anglais. Toilet, teeth, pyjamas.

– Good night, Zoe, Nicky says, yawning again. Sleep tight.

Sleep tight? Dors bien, sans doute.

– Good night, Nicky, I reply. Sleep tight.

Nicky sleeps tight. I don't.

Biohazard. Qu'est-ce que ça peut vouloir dire? Hasard bio? Le mot associé à son logo bizarre tourne tellement dans ma tête que je finis par le taper sur mon téléphone portable.

La réponse me glace.

Biohazard = danger biologique.

Pickl
HEIN BILL
SAUCE

Chapter Six

WATCH TV

La pluie cingle les vitres lorsque nous nous réveillons. Une vraie bonne pluie à l'anglaise, le vent s'arrangeant pour qu'elle tombe quasi horizontale. Les parents de Nicky sont déjà partis sauver l'univers avec le Doctor.

– What do you want to do this morning? Do you want to go swimming? me propose ma correspondante comme activité pour ce jour radieux.

Elle mime le nageur qui crawle. Je la fixe bizarrement par-dessus le bord de mon bol de corn flakes. Je secoue la tête. La mer est froide, la piscine... bof.

– Do you want to do some longboard? Play golf? Surf?

Avant qu'elle s'épuise à multiplier les propositions d'activités saines et extérieures, j'annonce mon envie pour la matinée :

– Watch TV.

La classe. J'ai utilisé le bon verbe, la bonne contraction ET le bon accent.

– Of course. You never know, Jamal might phone. And invite us over to his place.

Et elle me décoche une fois de plus ce sourire qui m'agace tant.

Je tente de comprendre. « Might », possibilité. Jamal pourrait appeler et nous inviter... chez lui ? J'inspire. J'expire. J'avale un corn flake de travers. Nicky me donne de grandes claques dans le dos. Elle range les restes du breakfast, se traîne avec ses charentaises Homer Simpson jusqu'au salon. Je la suis. Elle s'affale dans le canapé et attrape l'objet le plus important de nos civilisations occidentales : the remote control.

And off we go for two hours of zapping...

... dont je ne vous dirai pas grand-chose. Les pubs anglaises sont aussi débiles que chez nous, les présentateurs aussi artificiels, et les séries, du moins celles qui passent en journée, aussi creuses. Seul moment notable, un documentaire animalier sur la jungle thaïlandaise. Les gibbons sautent vraiment bien de branche en branche.

– Look! A donkey! je m'exclame, fière de sortir un nouveau mot de mon riche lexique anglais.

– Not a donkey, a monkey, me corrige Nicky.

Pour bien se faire comprendre, elle imite l'âne, le donkey donc.

Midi sonne à l'horloge du salon façon carillon de Big Ben.

It's still raining. Nicky prepares some sandwiches. We are eating them, when her father walks in.

– Daddy! What are you doing here?

– Hey girls!

Il se met à fouiller dans les placards de la cuisine – heureusement pas celui dans lequel nous avons caché le thermos –, déniche un inhalateur.

– Your mother forgot her Ventolin.

En voyant le petit tube à respirer, j'en déduis que la maman de Nicky est asthmatique.

– What about Doctor Who? his daughter asks. What's he like?

Tim s'assied à table, entre nous.

– You mean « What's He like »?

J'ai bien saisi la nuance avec la majuscule de rigueur. On ne parle pas de n'importe qui. Respect. D'ailleurs, Tim ne s'étale pas. Les mots humains ne suffiraient pas. Nicky aborde l'événement du jour sous un autre angle.

– What about the episode you're in? What's the story?

Son père place un doigt devant sa bouche.

– I'm not allowed to tell you. It's a gigantic secret.

– Oh! Come on! I'm your daughter!

– I signed the contract, Nicky. My lips are sealed.

Les figurants ont dû signer une clause de confidentialité. Clause que Tim ne va pas enfreindre, d'où ses lèvres sous scellés. Mais, quitte à se faire atomiser par un Dalek, il a quand même envie de partager cette journée extraordinaire avec sa fille et nous livre quelques bribes. Je fais mon possible pour m'accrocher, même si le débit de Tim est rapide. Je me suis entraînée toute la matinée grâce à la télé.

– You know the Salon, the big one, with the painted ceiling? he asks Nicky.

« Salon », dit à la française, doit correspondre à une des pièces du Pavillon royal où le tournage a lieu. « Painted ceiling » nécessite un coup de pouce de mon téléphone : « plafond peint ».

– A new race of invaders is using the painting as a passage.

« Invaders », « envahisseurs ». « Passage », « passage ». On est mal.

– What do they want?

– To eat, répond Tim en attrapant la moitié de sandwich de sa fille et en la dévorant sous ses yeux effarés.

– Hey, that was my...

Possédé par son sujet, il la coupe :

– They eat human life.

– They eat life? I ask, surprised.

Tim hoche la tête.

– That's why they're called life-eaters. They eat the lives of the people they encounter, and so the people become babies and have to start living all over again.

D'après ce que je comprends, les malheureux qui sont mangés recommencent leur vie à zéro au stade bébé. Soudain, il lève les yeux vers l'horloge qui se prend pour Big Ben.

– Oh my God! I have to go! Bye, girls!

Le voilà sorti de la cuisine aussi soudainement qu'il y est entré. Nicky regarde son reste de sandwich à moitié mastiqué par son père avec une mine dégoûtée. La pluie continue de tomber. Nous n'avons pas besoin de parler pour retourner d'un commun accord dans le canapé, face à la TV, pour une nouvelle session de rabotage de neurones.

Finalement, on se met un DVD, le premier *Harry Potter*. Puis le deuxième. Et on attaque le troisième quand le téléphone de Nicky vibre enfin.

– Jamal?

– Yes. Hi, Nicky. I've got some information for you. Can you and Zoe come round to the centre for immigrants?

Mon cœur s'est arrêté de battre.

– Yes, of course, says Nicky. When?

– Now?

Nicky looks at me to see if I agree. I nod.

– Okay, we'll be right over!

WATCH OUT!

Chapter Seven

THE ELIXIR OF ETERNAL LIFE

Nous voilà repartis au centre pour immigrés. On a le choix soit d'attendre vingt minutes qu'un bus nous y emmène, soit de mettre autant de temps en y allant à pied. En vingt minutes, on a le temps de pleinement goûter à l'effet mouillant de la pluie anglaise. Nicky se rend dans une salle où plusieurs ordinateurs se tiennent compagnie, Jamal détourne son regard d'un écran, nous voit arriver et se fend d'un large sourire.

– I love your country, he says to Nicky. But it's a bit wet.

Wet? Je ne sais pas ce que ça veut dire. Mais c'est sûrement très bien.

– Hello Zoe.

Il se penche pour m'embrasser. Je tends la joue. Quand j'ouvre les yeux, Nicky, bras croisés, nous contemple, moqueuse. Jamal se racle la gorge.

– The thing you found... commence-t-il.

Le thermos. C'est vrai qu'on est là pour ça.

– I know what it is.

Vu la tête qu'il fait, le thermos ne contient pas de la tisane.

– I must show you something.

He indicates the computer. The computer screen shows the biohazard logo, the same logo as the one on the thermos flask.

– The story begins in Siberia, a very, very cold country, he says.

Il appuie sur une touche, et le logo est remplacé par des gens emmitouflés dans des doudounes. Ils creusent la glace. Derrière eux, des tentes et des véhicules à chenilles. Qui sont-ils ?

– You know about global warming? Jamal asks.

Le réchauffement climatique. Eh oui, on en a mangé et remangé en cours d'anglais. Les hommes en doudoune prélèvent une sorte de carotte de glace et de terre.

– Because of global warming, the permafrost, the permanent ice at the North Pole, is turned into mud. In this mud, there are microscopic organisms that have been frozen for millions of years.

Donc, réchauffement climatique, la glace du pôle Nord qui devient... help, cellphone... de la boue. Et dans la boue, des micro-organismes d'avant le Grand Gel.

– Do you understand, Zoe?

Il me sourit. Respire, Zoé. Et calme les battements de ton cœur, il va les entendre. Jamal enfonce une nouvelle touche. Un portrait apparaît. Celui d'un homme aux cheveux grisonnants affublé de lunettes à double foyer.

– Last year, a Russian scientist discovered a very special bacteria. He was not sure exactly what it was, but it seemed to rejuvenate the cells it came into contact with.

Je nage en pleine incompréhension. À part le fait qu'un scientifique russe a découvert une bactérie, je n'ai rien pigé, mais Nicky encourage Jamal à poursuivre et je fixe les images pour essayer d'en tirer un max d'informations.

Un extrait de journal télévisé. Les dépêches sur les bandeaux, en bas de l'écran, sont illisibles. Les caractères ressemblent à ceux sur le thermos. C'est donc du russe. Les journalistes montrent le même type à lunettes.

– So Anatoli Korsakov injected the bacteria into his blood, explique Jamal en mimant quelqu'un en train de se faire une piqûre.

Soudain, je comprends. Korsakov trouve la bactérie, note son comportement étrange (il va falloir revenir sur cette partie-là) et, pour savoir à quoi il a affaire, il se l'injecte… Il est cinglé !

– He's crazy! I shout.

– He's a scientist, Jamal says and he shrugs his shoulders.

Il peut balayer ça d'un haussement d'épaules, moi, ça me semble quand même limite. Même pour un scientifique.

Jamal enfonce une nouvelle touche. Nouvelle vidéo, cette fois en anglais.

– I feel younger and younger, since I gave myself the injection, dit l'homme avec un accent à mon humble avis bien pire que le mien. This bacteria is a sort of elixir of eternal life.

Korsakov bondit avec légèreté sur une estrade et s'installe derrière un pupitre. Ses cheveux ne sont plus gris comme dans la première vidéo mais bruns. Il explique :

– I am trying to reproduce the bacteria from the extract I found in Siberia. Very soon, I will be able to make millions of people younger. I will make millions of dreams come true.

La vidéo s'arrête. Je me lance :

– Wait a minute. (Ça, c'est du tout nouveau vocabulaire pioché à la télé.) This man, this...

– Anatoli Korsakov, Jamal says, helpfully.

– Yes. He finds a bacteria in Siberia (ça rime), injects it into himself and gets younger and younger?

– Apparently, says Nicky slowly. It's hard to believe, isn't it?

Tu parles, Charles, qu'on a du mal à le croire ! Sans compter que le projet du savant fou, c'est de faire profiter l'humanité tout entière de son élixir de jouvence. Si Korsakov arrive à en produire assez, il n'y aura plus un seul vieux sur la Terre.

Nicky is thinking, super focused.

– But how did you link our thermos flask to Anatoli Korsakov? she asks Jamal.

– The Web... I asked the friend I told you about to translate the russian words. One of the stickers has the scientist's name on it. Another has the words *elixir of eternal life.* I looked on the Internet and I found all this.

– Well done!

On se check, Jamal et moi, comme si on se connaissait depuis longtemps. Nicky ne lâche pas l'affaire. Elle est super, super sérieuse.

– Jamal, do you think our thermos contains some of this elixir?

Jamal ouvre une fenêtre sur l'ordi. Un site de vente en ligne. En anglais, bien sûr. Pour la modique somme de mille livres sterling, on peut recevoir une petite bouteille d'elixir of eternal life. Une goutte par jour pendant un mois et vous rajeunissez de dix ans.

– But those bottles don't look anything like our thermos flask, Nicky remarks.

Je suis d'accord avec elle. Aucune ressemblance entre notre objet et les minibouteilles vendues une fortune.

– So... Nicky continues. Do you think that Anatoli Korsakov is the owner of our biohazard thing? That we've found the original source bacteria?

« Owner ». Encore un mot à digérer. « Propriétaire », me répond mon téléphone. Korsakov propriétaire de notre objet ? On est en possession de la bactérie source originale ?

– I don't know.

Jamal shrugs his shoulders.

– If it is, how did Anatoli Korsakov's original source bacteria end up on a beach in Brighton?

– I don't know, Jamal repeats. Some websites say this... man is a... how do you call it... a criminal, a hoax. But look on the website, you see photographs of people old who become young.

Nicky doesn't look happy.

– Okay, she begins. Let's imagine this is the original bacteria. Why is there a biohazard logo on the bottle?

Oui, c'est aussi la question que je me pose. En quoi un élixir qui donne la vie éternelle constituerait-il un danger biologique ? On fait le jeu des hypothèses.

– Maybe the bacteria makes everything younger, grass and trees and plants, I suggest.

– Yeah, imagine an elixir of eternal life in

a river! Nicky says. No more fish to catch, they all go back to being baby fish.

I suddenly think of something. I turn to Nicky.

– It's like in *Doctor Who*. What your Dad said in the kitchen. About people becoming babies again.

– Yeah, well, adults are all obsessed with getting younger. They're always telling you childhood is the best moment in your life, as if being an adult was one long road of pain.

Joker.

– I don't understand, Nicky.

– Adults want to be young, she says slowly. My parents tell me, being young is the best moment in your life.

Et la lumière jaillit. Les adultes veulent tous (à quelques exceptions près) redevenir jeunes. C'est vrai, mes parents aussi n'arrêtent pas de me dire que je vis les plus belles années de ma vie. Et je pense soudain à toutes les crèmes et lotions qui encombrent la salle de bains.

Au départ, c'étaient des trucs de ma mère. Mais, depuis quelque temps, même mon père met des crèmes anti-âge. Elle a raison, Nicky, c'est une espèce d'obsession des adultes.

– What do you think we should do with the thermos flask? Nicky asks Jamal.

He shrugs his shoulders. It's something he does all the time.

– I don't know. If it's a biohazard, you should not just throw it in the dustbin. (Effectivement, on va éviter de le jeter à la poubelle !) Maybe take it to a scientist?

– Like I know a million scientists! says Nicky.

– I'll search. I'll ring you tomorrow.

« Ring », synonyme de « phone », sans doute parce que le son « dring » sort du téléphone, au moins dans des temps lointains, quand les téléphones étaient en deux parties et ne se mettaient pas dans la poche. Nous attendons donc le coup de fil de Jamal pour le lendemain. Je suis un peu déçue. Toute cette excitation, et rien au bout.

On se quitte avec les habituels « Thanks a million, we'll wait to hear from you tomorrow then, good night, sleep well, yes, you too... »

Il s'est arrêté de pleuvoir. Les trottoirs luisant de pluie brillent sous l'éclat des réverbères qui se sont allumés. Nous fermons nos imperméables et prenons la direction du home sweet home.

Chapter Eight

A BAD SURPRISE

—You know, says Nicky after a minute or two. There's only one way to be sure whether ours is the original bacteria or not, and that's to test it.

Nous sommes revenues à la maison, trempées comme des soupes. Les parents de Nicky ne sont toujours pas rentrés. Son père a laissé un message sur le frigidaire :

Hi girls! Sorry, we're going to be later than expected. The director keeps on re-shooting scenes and we're only half way through the episode. There's frozen pizza in the freezer you can heat up if you want, or help yourselves to whatever. Have fun! Tim.

Les parents de Nicky sont apparemment retenus pour une partie de la nuit. Le tournage a pris du retard sur le programme prévu. Ils n'en étaient qu'à la moitié, si j'ai bien compris, parce que le réalisateur n'arrête pas de retourner des scènes (et non pas de tirer sur les comédiens). Un perfectionniste. Tim nous propose de réchauffer une pizza congelée ou de nous servir. Ce qu'on veut. Il a dû profiter d'une pause pour repasser à la maison prendre quelques affaires et nous laisser ce mot. Je me demande pourquoi il n'a pas appelé Nicky sur son portable. Je tente une phrase complexe :

– Why doesn't your father ring your cell-phone?

Elle lève les yeux au plafond.

– My parents don't believe in cell phones.

– Why not?

– They think cell phones interfere with their freedom.

J'ouvre grand les yeux. En quoi les téléphones portables interfèrent-ils avec notre liberté ? J'opte pour une formulation concise et sobre :

– How?

– Because we're supposedly slaves to our cell phones. Don't worry, my parents have loads of weird ideas.

– But if you have an accident, you can't ring them!

– I know. I try not to have accidents.

Ça me semble quand même un peu dur. Même si je trouve mes propres parents assez étouffants dans leur désir de contrôler ma vie. Au moins ils se comportent comme la plupart des adultes autour de moi. Je murmure à Nicky :

– Are you sure they are adults?

– Not really.

Pour sûr. C'est le monde à l'envers. Nous, les adolescentes, sommes graves et eux jouent dans une série de science-fiction. Jusqu'ici, tout va bien.

– So, shall we test it? asks Nicky.

Est-ce qu'on va prendre le risque d'avaler une goutte de cet élixir ? Je n'ai aucune envie de me retrouver cinq ans en arrière, avec mon appareil dentaire. On aurait mon petit frère sous la main, je dis pas, il était mignon avant de savoir parler...

– You don't have a... cochon d'Inde?

Nicky n'a pas compris. Son regard est vide.

– Un cobaye ?

Cell phone, help me...

– A guinea pig?

L'expression de ma corres' montre tout le bien qu'elle pense des expérimentations scientifiques sur animaux vivants.

– Listen, Zoe, if professor Anatoli Korsakov was brave enough to inject some of the bacteria into his blood stream, I think I'm brave enough to drink one or two drops and go back to being...

Nicky et son côté punk ont pris une décision. Elle ouvre le placard dans lequel elle a rangé le thermos, l'attrape, le regarde. Se décompose.

– This isn't our thermos flask!

– What?

Je le prends. Le logo biohazard a été remplacé par l'image d'un randonneur qui gravit une pente, sourire aux lèvres.

– What the f...! Nicky swears.

Elle fouille le placard. Soudain, elle devient très pâle.

– Oh no...!

– What?

– My father... He must have taken our flask, thinking it was an ordinary thermos flask. Oh my God! What if it is the elixir of eternal life and he drinks it!

C'est à mon tour de pâlir et de sentir le froid de la mort m'envahir. Le papa de Nicky est reparti sur le tournage avec le mauvais thermos, celui qui contient l'élixir de vie éternelle ! Si jamais il le boit...

Chapter Nine

THE DOCTOR

We run out of the house to the main road, jump in a taxi, and give the name of the Royal Pavilion to the taxi driver.

Le taxi nous dépose en bordure du bâtiment historique. Une dizaine de camions sont garés devant. Des techniciens vont et viennent. Ils doivent encore être en train de tourner.

– Hey! You! Where are you going?

Un vigile vient d'interpeller Nicky qui s'élançait vers le perron. Elle hésite. Le vigile en profite pour l'attraper par le bras.

– You can't go over there!

Oui, on sait qu'on ne peut pas aller là-bas, il y a des panneaux partout qui disent *No Entry*, mais bon, il y a urgence.

Nicky essaie de se dégager. Il raffermit sa prise.

– It's very important! she insists. People are in danger inside!

The security agent looks at her, looks at me... Il doit nous ranger dans la catégorie « fans du Doctor », prêtes à tout pour entrer. Il sort son talkie-walkie, sans doute pour appeler des renforts. Il tient toujours Nicky. Elle utilise son arme ultime : her voice. Un conseil, les filles (et ça vaut aussi pour les garçons, y a pas de raison) : si vous faites une mauvaise rencontre, si un pervers polymorphe, qu'il soit terrien ou alien, vous attrape par le bras, hurlez. Le coup de genou dans les c... fait aussi son petit effet.

Nicky n'a pas besoin d'atteindre cette extrémité. Sa voix monte très haut dans les aigus. Le vigile la lâche et se plaque les mains sur les oreilles. We run towards and then enter the Royal Pavilion.

Là, l'ambiance change complètement. Nous avons laissé la frénésie dehors. Des voix étouffées nous parviennent. Et personne à l'horizon. Des faisceaux de câbles courent contre les plinthes. Nous les suivons comme des fils d'Ariane entre de hautes colonnes.

Nous remontons un long couloir. Là-bas, une lumière vive. Ma gorge est sèche. Mon cœur bat la chamade. Des gens nous tournent le dos. Une femme a un casque sur les oreilles. Elle note des trucs dans un cahier. Les voix que nous entendions, indistinctes, se font plus précises.

– You have no place here! someone proclaims, theatrically. Go back where you came from, life-eaters!

We hide behind a column. No one pays attention to us. Everybody is watching the set and the actors playing out the scene. Nicky retient une exclamation en constatant que ses parents sont avec le Docteur. Pas juste des figurants mais des acteurs !

Et puis, il y a le décor. Les caméras ont été plantées dans ce qui doit être la plus grande salle du pavillon, une rotonde surmontée d'une coupole, le fameux Salon avec le plafond peint. Ici le bizarre côtoie le bling-bling sauce XIXe siècle.

Une grande toile verte de forme circulaire a été tendue à mi-hauteur. J'ai déjà vu des *making of* de tournage. Je sais que les images numériques seront incrustées dessus, après, en postproduction.

Dans un coin de la pièce, une énorme boîte bleue, celle que l'on voit dans le générique de *Doctor Who*, emportée dans un tunnel magnétique. Le fameux Tardis. Une cabine téléphonique spéciale pour appeler la police. Nicky m'en a parlé. This police phone box replica however is a machine that can travel in time and space. Useful.

À deux mètres, les parents de Nicky figés dans des postures bizarres. Entre eux et le Tardis, un type maigrichon aux cheveux poivre et sel qui tend vers la toile verte une sorte de suppositoire géant. La douleur se lit sur ses traits. Il crispe les mâchoires. Il a affaire à forte partie, même si nous n'en voyons rien.

– What is he doing? I ask Nicky.

– He is using his sonic screwdriver to send the life-eaters back to their planet.

– He has an accent, no?

– He's Scottish. (Elle se met à parler comme lui en forçant sur les consonnes et en donnant comme des coups de hache entre les mots.) They all talk like that.

L'acteur est écossais ? Cela explique sa façon de parler. Soudain, je réalise que j'ai repéré qu'il parlait avec un accent bizarre. Pas mal, Zoé ! Tu progresses !

La femme avec le casque se tourne vers nous et pose un doigt sur ses lèvres. Nous rougissons comme deux collégiennes prises en faute. Ce que nous sommes...

– Go home! hurle le Docteur.

Il s'effondre, épuisé. Les parents de Nicky se libèrent de leur gangue invisible.

– Cut! Perfect! We've got it!

L'ordre est venu de l'autre côté de la rotonde. Le Docteur se redresse, lisse les pans de sa redingote, félicite Tim et Daphne qui semblent aux anges. Les techniciens bourdonnent dans le champ de la caméra. Des projecteurs sont éteints. On replie le matériel.

– Thank you all for your patience!

Bon. En tout cas, personne ne se roule par terre en redevenant un bébé. Nicky's father must have put the thermos somewhere and forgotten it. Plus de peur que de mal ! Nous profitons de l'agitation pour rejoindre Tim et Daphne. Ils ont l'air de planer total, comme s'ils revenaient d'un fest-noz au pays des fées.

– Hey! Girls! Did you see that? The director chose us for the last scene! But... what are you doing here?

– Mum, Dad, Nicky begins. The thermos you took from the kitchen cupboard, where is it?

They make an effort to come back into the real world.

– The one with the weird drawings? Tim says. What was it doing in the kitchen anyway?

Il y a du mouvement dans le couloir qui mène à la rotonde.

– Where is it? Nicky insists. It's important!

– I gave it to the Doctor, Tim explains. As a gift.

– What?

– He liked it. He thought it was cool.

Nous tournons sur nous-mêmes. Plus de Docteur. Les décorateurs sont déjà en train de démonter le Tardis, simple cube de bois peint. Le vigile dont Nicky a perforé le tympan choisit ce moment pour nous rejoindre. Deux de ses amis-montagnes-de-muscles l'accompagnent.

Il pointe un doigt vers Nicky :

– You don't have the right to be here! No badge! No access!

– Keep cool, man, Tim tries. She's my daughter.

Il tend le bras pour établir un lien d'amitié avec ce concentré de fureur, mais le type fait un bond en arrière.

– Don't touch me!

Pas vraiment réceptif, le vigile.

– What's happening here?

La fille avec le casque qui observait le tournage – Nicky m'expliquera plus tard qu'il s'agit d'une scripte ; en fait, son boulot, c'est de noter tout ce qui cloche – approche. Nous la mettons au parfum, sans trop rentrer dans les détails.

– You're saying that this thermos contains a sort of...

– ... very powerful laxative, Nicky invents. It's an experiment. If the Doctor... the actor drinks even just this amount... (she shows a little space between two fingers), he won't be able to play for days, weeks, months. Unless you film him in the loo.

Stop time. Quand vous êtes dans un pub ou un restaurant et que vous demandez les toilettes, ne dites pas :

– Where are the toilets, please?

But :

– Can you show me where the loo is?

Ça veut dire la même chose et c'est la classe totale. Reprenons.

Plutôt que de parler d'élixir d'immortalité, Nicky a inventé un laxatif puissant. Bien vu. C'est moins difficile à croire. La fille nous jauge, alors que Tim, Daphne et les vigiles essayent de s'entendre (pas vraiment gagné, apparemment). Elle s'écarte pour passer un coup de téléphone, revient.

– He's in his car, on his way to Cardiff. (On devine qu'elle parle de l'acteur qui joue le Docteur.) The filming will continue there tomorrow. He's not answering his cellphone.

Elle hésite, se lance :

– I'll leave him a message. Tell him what the problem is, arrange to send you the thermos. Can you give me your phone number?

Nicky donne son numéro à la fille. Pendant ce temps, Tim dit au vigile :

– Violence is not a solution. You must breathe deeply, my friend.

– Or kiss a tree, propose Daphne. Feel the vibrations of the Earth.

– You should leave now with your parents, the script girl advises us. If the security guy suddenly explodes, I won't be able to save them.

L'ambiance est plutôt électrique lorsque nous rentrons à la maison. Les parents de Nicky ont donné la réplique au Docteur avant d'en venir (presque) aux mains avec les vigiles à cause d'une histoire de thermos customisé fin du monde. Tim nous indique les chaises autour de la table et ordonne :

– Sit down, girls.

Nous obéissons. Il s'assied face à nous. Daphne prépare du thé.

– I'm listening.

Je laisse Nicky raconter l'histoire. Et elle le fait plutôt bien. Je parviens à suivre le fil des événements récents en entendant les mots « pier, biohazard, Korsakov, elixir of eternal life ».

– And that's it, she finishes.

– You forgot Jamal, I add.

Nicky n'a pas cité l'enfant d'Alep. Et pour cause, ça me revient tout à coup. Ses parents ne sont pas censés savoir que leur fille cause avec des migrants deux fois par semaine. Oops.

– Who's Jamal ? interroge Daphne.

Je pourrais venir au secours de Nicky. Affirmer que Jamal est mon boyfriend. Mais ma copine soupire et ajoute une annexe à son histoire, celle concernant son activité bénévole. Finalement, Tim se lève et embrasse sa fille.

– You are wonderful, Nicky. (He looks at me.) You too of course, Zoe.

Nicky and I exchange a look. We're both a bit lost.

– Your story is absolutely perfect. A thermos containing an elixir of eternal life. The ultimate weapon against the life-eaters. Life-eaters will be turned into babies again! Humanity is going to win! Brilliant!

Si j'avais un bouton STOP à portée de main, sûr que je n'hésiterais pas. Il pense qu'on a tout inventé ? En tout cas, Daphne a l'air super d'accord avec son mari. C'est quoi, ces adultes ?

– How did you know? Tim suddenly asked his daughter.

– How did I know what? Nicky replied, not understanding.

– How did you know that the team was looking for ideas?

– Ideas?

– For *Doctor Who*! They asked us! And you arrive with your bacteria, this Korsakov, Jamal! And I gave the thermos to the Doctor! Absolutely brilliant!

– But, Dad...

– Don't say a word. Tomorrow, we're up with the sun and off to Cardiff.

– To Cardiff?

Je viens de parler. Et j'ai bien compris qu'on se lèverait à l'aube, merci. Mais je ne sais pas où se trouve Cardiff.

– Is it far? I ask.

– It's a four hour drive, Daphne answers.

On va se taper quatre heures de voiture? Y a quoi à Cardiff? La scripte en parlait tout à l'heure. Nicky m'affranchit :

– Cardiff is the Doctor's home town. That's where the studios are. And there's a Museum about his world. *The Doctor Who Experience*. And that's also where the thermos is headed.

Donc, on va aller à Cardiff parce que les parents de Nicky pensent qu'on leur a inventé un scénario qu'ils vont pouvoir proposer à l'équipe qui conçoit cette série de science-fiction complètement branque. Why not? Le principal : qu'on récupère notre bombe biohazard.

– What about Jamal? Nicky asks.

– What about Jamal? Daphne repeats.

– He is real. I really do teach English to migrant children.

Soit les parents de Nicky sont fatigués, soit ils sont prêts à tout pour revoir leur idole, soit ils ne font plus la distinction entre fiction et réalité. Un peu de tout ça, un mix, je pense.

– Send him a message. He can come with us, Tim decides. Now, off to bed! It will be a long long day tomorrow!

Chapter Ten

LAND OF THE DRAGON

Nicky prévient Jamal par SMS juste avant d'aller se coucher. Le lendemain matin, il se présente à sept heures tapantes, alors que c'est déjà le branle-bas de combat parmi la maisonnée. Tim lui serre la main, la tête ailleurs. Nous tirons notre ami à l'écart et le mettons au courant des récents événements.

– Do your parents really think you invented the whole story? he asks, surprised.

– They are a bit special, Nicky replies. They're not particularly connected to the real world.

I'm not even sure they've noticed that you and the thermos really exist.

Daphne prend des cookies et le thermos avec le randonneur, et pousse tout le monde dans la voiture. Tim s'installe à la place du mort. Nous nous serrons sur la banquette arrière, Jamal au milieu. Daphne démarre en trombe, nous collant à nos dossiers.

« Four hours! » J'appréhende.

Hey! Je pense en anglais ! Je tiens le bon bout !

Jamal se tourne vers moi et me fixe avec un petit sourire. Nos épaules se touchent.

« Four hours... » I think again.

But this time I feel warm. And it's cool.

Daphne passe le relais à Tim à mi-chemin, Tim dont la conduite est... rêveuse. L'ambiance change dans la voiture en même temps que le conducteur. Les parents de Nicky décident soudain de profiter de cette excursion pour se lancer les meilleures répliques du Docteur Who.

« By the way, did I also mention it also travels in time? »

Sans doute grâce au Tardis qui, j'avais bien compris, voyage dans le temps.

« Rose, before I go, I just want to tell you: you were fantastic. Absolutely fantastic. And you know what? So was I! »

Sans doute pour souligner l'ego surdimensionné du Docteur.

Mais le pire, c'est qu'ils ont aussi les CD *Doctor Who*. La musique ectoplasmique qui accompagne la série est à la limite du supportable. Avantage : Tim et Daphne n'essaient pas de nous faire la conversation. Même si Tim jette des regards fréquents dans son rétroviseur intérieur. En retour, Jamal lui décoche à chaque fois un large sourire. Sa main est toute proche de la mienne.

Nicky n'a pas eu son content de sommeil. Elle s'endort. Jamal me raconte dans un anglais qui m'impressionne la guerre, l'exil, sa famille. Mon vocabulaire s'enrichit de termes comme « war »,

« exile », « bombs that blow your family apart ». Je lui parle (avec moins d'aisance) de ma vie à Paris. Des attentats qui nous ont secoués... Bombs that shake your whole life.

– Do you have a dream? he suddenly asks me.

Si j'ai un rêve ? Bien sûr !

— She wants to be Wonder Woman, Nicky answers before I can open my mouth.

She was not asleep!

Je retiens mon souffle un instant en espérant que Jamal ne va pas trouver ça ridicule.

– Wonder Woman? demande-t-il, l'air sincèrement intrigué.

Je lui décris la super-héroïne. Fille des amazones. Lasso magique. Bracelets à l'épreuve des balles. Tout y passe. She's one of the few female super heros. She saves people. She saves the world. She fights evil. Like terrorism.

– Imagine, if I was Wonder Woman, I could have saved the people in the Paris terrorist attacks. Instead, I just watched the telly.

La main de Jamal se rapproche de la mienne. Il me serre les doigts. Puis il murmure à voix basse :

– I think you're better than Wonder Woman. You're real.

Nicky se met à chanter le générique de *Wonder Woman* en anglais. Je reprends avec elle. Et Jamal. La banquette à tue-tête !

Wonder Woman/Now the world is ready for you/And the wonders you can do.

Tim et Daphne baissent le son de l'autoradio et échangent des regards inquiets.

Wonder Woman : 1 ! Doctor Who : 0 !

Cardiff est la capitale du pays de Galles, et l'emblème du pays de Galles est un dragon rouge sur fond vert. Dragons are everywhere. On the monuments. On the buses. On the flags. L'accent a changé. Il suffit d'écouter la radio du coin. Et là, je ne comprends strictement plus rien. Nicky me rassure, à sa manière :

– Welsh people are sort of like barbarians for Londoners. For instance, in Wales, there's a village called…

Là, Nicky nous balance un mot sans fin comme le supercalifragilistic de Mary Poppins, mais en mode venu de nulle part.

– What? Jamal and I ask together.

– Llanfairpwllgwyngyllgogerychwyrndrobwllllantysiliogogogoch! That's the name of the village. Believe me! It's for real!

– Here we are, kids.

Tim a traversé le centre-ville de Cardiff, plutôt calme, dimanche midi oblige. Il vient de se garer sur un parking désert. Devant nous, un haut mur entoure des hangars dont on ne voit que les superstructures. Derrière nous, de l'autre côté du parking, un bâtiment futuriste fait de l'œil aux touristes. Un panneau géant indique *The Doctor Who Experience*. Les parents de Nicky nous en ont parlé en long, en large et en travers. C'est une sorte de musée interactif avec reconstitution du Tardis, costumes, masques en silicone, monstres et tout et tout. A whole exhibition park dedicated to Doctor Who.

– Are these the film studios? Nicky asks, pointing out the buildings in front of us, behind the wall.

Vu le silence respectueux qu'elle obtient en guise de réponse, nous devons effectivement nous trouver au seuil du Temple, devant les studios où les épisodes de *Doctor Who* sont tournés, en décors tout du moins.

– Oh, no!

Un vigile est à son poste devant le portail. Le même que celui de Brighton...

– He will never let you inside.

Tim parle de nous. Et il a raison. Ce type ne nous laissera pas passer.

– Maybe if I ask him nicely? suggests Daphne.

– Let us deal with this. (Tim se tourne vers nous.) You stay in the car. You wait. You don't move. We'll take care of everything.

Lui et Daphne sortent de la voiture. Ils marchent vers le vigile, parlementent un moment avec lui, entrent dans le studio. Les minutes défilent. Nous commençons à nous agiter sur notre banquette. Normal. Nous sommes des teenagers. Nicky regarde l'heure à son smartphone pour la vingtième fois en moins d'un quart d'heure.

– How will they take care of everything if they don't believe our story is true? I wonder out loud.

Nicky looks at me but remains quiet.

– We stay here. We wait. We don't move, Jamal reminds us.

– Yes, but, what if they drink the elixir?

Je suis en train de me dire que nous aurions dû insister sur le fait que cette histoire d'élixir n'en était pas une, justement. Je nous vois mal ramener les parents de Nicky chez eux dans des couffins et finir mon séjour à faire du mummy-and-daddy-sitting !

Nous sommes sauvés par le gong. Plutôt par une sonnerie de téléphone. Nicky décroche, les sourcils froncés.

– Hello? Oh! Of course I remember you. You've talked to him? He is waiting for us? But... my parents are... Ah! You know that. He wants to see us?

Jamal and I both look at Nicky. Who is that on the phone? Who is she talking to?

– You're sending me a QR code... There are three of us. Okay.

Elle raccroche, nous regarde avec une mine hilare.

– It was the script girl we spoke to yesterday in the Royal Pavilion. The Doctor's waiting for us inside *The Experience.*

Elle nous montre la grille de l'autre côté du parking. Pour un super-musée, l'endroit a l'air plutôt désert.

– But I thought the Doctor was with your parents, inside the studios? Jamal murmurs.

– And *The Experience* is closed, isn't it? I ask.

Ding. Nicky has juste received a text message. She opens it and shows us a square black and white code.

– The QR code. We scan it on the machine over there and the gates will open.

Aussitôt dit, aussitôt fait. Sans plus nous poser de questions, nous sortons de la voiture, la grille s'ouvre à la lecture de notre code, nous marchons jusqu'à l'entrée du musée, scannons le code de nouveau. Les portes s'ouvrent. C'est sombre à l'intérieur. Pas vraiment rassurant.

We all look at each other. And then we go inside.

DOCTOR WHO
EXPERIENCE

Chapter Eleven

A STRANGE ENCOUNTER

Il fait noir comme dans un four. Ou comme dans l'espace profond. Outer Space. Jamal allume son téléphone portable en mode lampe. Je prends sa main dans la mienne. Nicky ferme la marche.

– Do you hear that sound?

An electric guitar. We follow it to a door. Blue. With strange windows. That reminds me of something... Oh yes, of course! The Tardis.

– Who's playing that music? I ask.

– It's the Doctor, Nicky answers. He plays the guitar whenever he gets bored.

We push the door and discover... a huge space, with machines, cables, screens... The Doctor is sitting on a chair, playing the same hard rock riff over and over again. He stops when he sees us. The thermos is beside him, still intact.

– Oh good. Visitors!

Il pose sa guitare, se lève, vient à notre rencontre, avec cette nonchalance qui n'appartient qu'aux Anglais. I forgot. He's not English. He's Scottish!

– Hi guys! Apparently you've got a story to tell me about...

Il se tourne vers le thermos.

– ... this.

Il s'adosse au pupitre du Tardis et ajoute :

– Do tell me. I love stories. I'm all ears.

Il adore les histoires. Il est tout oreilles ? En tout cas, c'est moi qu'il regarde. Je fais un pas en avant. Et je raconte.

Je ne vous retranscris pas tout *in extenso*, mais sachez que j'ai bien restitué mon séjour à Brighton. Et si jamais la prof d'anglais me demande de raconter mes vacances à la rentrée, j'aurai au-dessus de la moyenne. Je vous offre quand même un extrait.

– We were eating ice-cream on the pier, in Brighton...

– What flavour? m'interrompt le Docteur.

– Cherry. And strawberry. Why?

– 1866, the Paris Commune. You are French, aren't you? *Cherry Time. Le temps des cerises.* Important song.

Nicky vient à ma rescousse :

– And Zoe discovered this thing under the pier, in the water.

Après, je lui raconte comment Jamal nous a aidées à identifier son contenu, cette histoire d'élixir de jouvence qui se vendrait au prix de l'or liquide. Tim et Daphne lui ont donné le thermos sans savoir ce qu'il contenait. Maintenant, il faut décider ce que nous devons faire avec.

– So, this is not a laxative. The script girl must have misheard.

La version proposée par Nicky à la scripte. J'avais oublié.

– I wonder...

Le Docteur laisse sa phrase en suspens. Il prend le thermos et le tient devant lui, comme Hamlet tient le crâne quand il déclame son fameux « To be or not to be! » Vous apprécierez la référence culturelle.

– ... how this got to be in Brighton...

– Perhaps, Korsakov was in Brighton and he lost it, Jamal proposes.

– Or, perhaps this thing is just a bottle with a message inside it. Travelling round the world from ocean to ocean, looking for the right person to open it.

Notre acteur digresse. Et en plus, il parle de l'ouvrir. Je m'apprête à remettre les points sur les i. Il est plus rapide.

– Eternal life... What do you think about that?

Nous nous taisons. Les pensées se bousculent dans ma tête. La vie éternelle, c'est quand même pas rien !

– If I could make a suggestion… Jamal starts.

Nous nous tournons vers lui.

– Humans make enough trouble while they're alive. War and torture and hatred. If they were to become immortal…

Il se tait, la gorge nouée. Je lui malaxe l'épaule.

– If this was the real Tardis, the Doctor resumes, we could go back to the beginning of humanity and make eternal neanderthals that would put a stop to evolution. But life isn't a sci-fi serie.

– Eternal life, Nicky murmurs. No. Too boring. I want to be an adult. To drive a car. Have a credit card. Be free.

– And work? And spend hours in trains? And get old? And fight with your teenage children all the time?

– Life is what you make of it.

Je viens de parler. Eh ouais. Et j'aurais Dark Vador en face de moi, je ne serais pas moins convaincue. La vie nous pousse vers la mort. Mais on peut la rendre belle. Faire des choix.

– Years without end! the Doctor continues holding up the thermos flask for us all to admire. Centuries of power! But think about the people you love, your friends, your parents.

I look at Nicky, then at Jamal. He's looking at me.

– If they have enough money to buy their own part of immortality, that's fine, you create a society of immortals...

– But if they haven't? Nicky asks.

The Doctor smiles.

– You'll be alone for a long, long time.

Nous sommes d'accord. Cet élixir de vie est contre-nature. Il faut le faire disparaître.

– I don't age, the Doctor continues. I regenerate. Again and again. And sometimes, I feel so tired... (He sighs.) You mortals know that each day might be your last. Consequently, the best of you live full and rich lives. You're generous, adventurous, loving... (He sighs again.) The elixir would destroy all that.

Lentement, et nous fixant tour à tour, le Docteur dévisse le bouchon, ce qui produit un léger bruit de gaz sous pression. Il porte le thermos à sa bouche.

– Stop! hurle Nicky. You are crazy!

Il la calme d'un index dressé, le vide en quelques gorgées, fait un drôle de bruit avec sa langue. Puis il retourne le thermos. Il est vide.

He makes a theatrical pause. None of us are breathing.

– Some people live more in twenty years than others do in eighty, he says. It's not the amount of time that matters, it's the person. Not the quantity, the quality.

He looks at us.

– Now that's profound, he adds, proud of himself.

Nicky's frowning :

– That's funny. It sounds just like a quote from Doctor Who.

The Doctor looks surprised.

– Does it? I'll have to put it in the next episode then. So. I saved you from eternity.

No eternal life. No new beginnings. No decisions to be made.

– Just lives to live, says Nicky.

Jamal and I look at each other again.

– Yes. Just lives to live.

– Do you want the thermos? As a souvenir? I can have another one made for the show.

I hold out my hand, the Doctor throws the thermos, I catch it. We all turn to go.

– I can't believe it, Nicky murmurs, he drank the whole thermos flask!

– I thought I told you to stay in the car? To wait. Not to move.

Nous nous jetons sur la banquette arrière. Tim n'insiste pas. Il se met au volant, quitte le parking, attrape une voie rapide, sort de Cardiff, direction la côte sud de l'Angleterre.

– Where were you? Daphne asks.

– Just having a look around, Nicky replies. What about you?

Silence. Sighs. They seem happier than ever.

– So? Nicky repeats after thirty miles of pure silence. What happened?

– It was the best week-end of our lives, Tim says. We were allowed into his dressing room.

Daphne fait le geste de s'habiller et de se maquiller pour que je comprenne. Ils ont pu aller dans sa loge.

– And... I insist.

– And he was just amazing. He listened to the story, said it was wonderful, called in his personal assistant to tape it and take the idea to the screenwriters.

Si j'ai bien suivi, il a été incroyable, a écouté et aimé, et fait enregistrer notre histoire pour la transmettre aux scénaristes... Mais... qui les a reçus ?

I exchange a look with Nicky who appears as lost as I am. So I carry on.

– Who did you meet, exactly? I ask.

Tim: The Doctor, of course!

Me: The actor who is playing the Doctor, you mean.

Tim: Of course, it was the actor. We're not mad! Doctor Who doesn't exist.

Me: And he liked our story?

Tim: Your story is remarkable. He's already sent it to the screenwriters. Well done, kids!

Me (feeling increasingly lost): Did you get the thermos back?

Daphne: He lost the thermos. He was sorry.

On se force à sourire. Mais on est un peu perdus, en fait. Je regarde le thermos dans ma main. Quelque chose ne va pas.

Chapter Twelve

THE COMPANIONS

Months later. April. Nicky has invited me back to Brighton for Easter. The plane ticket is a reward for my brilliant marks in English. As soon as we get into her house, Nicky pushes me on the sofa and puts a DVD on.

– What is it? What do you want to show me? I ask, almost sure of what I'm going to see.

The DVD player takes a long time to get started.

– Surprise!

At last, the DVD player appears on the TV screen. Nicky opens it, jumps onto the couch.

Catchy music. Blue box flying into a crazy-colored vortex...

– Is it The Episode?

Note the capital letters.

– Yep, just out of editing. We can watch it before anyone else. But it's in English, without subtitles.

– It's okay, I think I'll be able to follow the story.

Of course I can follow the story. Not every single word, but the general idea. Doctor Who has changed the scenario quite a lot in the end. Funny, this story of a thermos flask whose content makes the life-eaters become babies of another species.

Nicky's parents are stunning in the pavilion scene. The Doctor's partner is quite hot too. I say as much to Nicky.

– You must be joking! she explodes. She's horrible! She's at least thirty years old, and she's got this ridiculous smile...

– You are not exactly objective, Nicky, I remark.

– What do you mean?

– You're in love with him.

– I am not!

– Of course you are, and so am I in a way. So classy, so mature...

Okay, I admit it, when I got back to Paris, I started watching *Doctor Who*. I became a total fan of the series!!! I even did a presentation in my English class. Madame Truchon gave me nineteen out of twenty. Not twenty. I was so happy. Completely crazy.

We check each other. Mates, really.

– Who did we meet that day? I ask for the hundred and fifty-eighth time.

– The actor who plays Doctor Who. Who else?

– So who did your parents meet?

– Who did they meet? The actor who plays Doctor Who. The same as us. You don't really think that Doctor Who exists?

I don't answer. Nicky touches her head with a gesture to indicate I'm crazy.

– Zoe actually thinks Doctor Who exists.

I look at her. So there are two actors who resemble each other. Why not? Maybe there's a way we can check.

– Remember your promise, I say.

– To go back to Cardiff? To *The Doctor Who Experience*? Really, if you become totally obsessed with Doctor Who, your parents will hate me.

I smile at her. Like a tiger.

– Okay. I promised. We'll go back. We can go by train. And perhaps he'll be there again, we'll see. And now let's go for a walk, Nicky proposes.

– Okay. Where to?

– Where it all began.

The pier hasn't changed. We walk to the end of it, then back the other side, where I saw an object floating in the water, a couple of months earlier.

– Have you had any news from Jamal? I ask Nicky.

– I saw him for the last time two weeks ago. He's moved to London... He gave me something for you.

Nicky searches in her bag and gives me a letter.

He's written in English. His words are soft and kind.

Dear Zoe. I'll never forget the few days we spent together. But for the moment, I have to settle down in this new country, find work, make money, become part of Great Britain and leave Syria behind me. I have a new room in a hostel for immigrant students. This is my email. I would be very happy to hear from you.

DoctorJamalWho@gmail.com

My heart warms up a little. I fold the letter and put it in one of my jacket pockets. No comment.

We walk to the staircase and down onto the beach.

Suddenly I have this feeling that I might find something, like I had the first time I was in Brighton. I go hunting. Looking under the pier.

And I do find something.

– What are you doing?

I pick up the object and turn back to Nicky, my hand open to show her what I've found. It's a ball, the size of my hand. It seems to give off some kind of magnetic energy. It's all white.

– What's that?

– No idea.

As we both look at the strange ball, it starts to pulsate, like a heart beating all on its own.

– That's really cool, says Nicky. I'm starting to believe you really do have a talent for finding strange things.

The ball turns pink. Then blue. A strange sort of electronic noise seems to surround us.

– What's that? Nicky asks again.

No time to answer. An electric flash shakes the night air. The pier is vibrating like a high-speed train.

– What the hell?

A noise we have both heard before seems to come from nowhere. The ball in my hand is now a dark blue colour that reminds me of something. And suddenly, the police phone box is there. THE blue box!

The doors open and a man with an electric guitar looks out at us, still playing a heavy metal riff.

– Come on, girls! This time, it's for real!

What would you do if you were us?

Crédits :

Page 55 : Extrait de la chanson *Help!*, The Beatles © Lennon/McCartney, 1965

Page 109 : Extrait du générique de la série télévisée *Wonder Woman*, paroles de Charles Fox, 1975

L'auteur

Hervé Jubert est auteur de romans destinés à la jeunesse, aux adolescents, et aux adultes qui le sont restés. Il aime Sherlock Holmes, Harry Potter et Doctor Who. Entre autres.

Vous pouvez trouver plus d'informations sur son site : www.hervejubert.fr

Pour choisir son roman Tip Tongue

/ 8-10 ANS / DÈS LE CE2-CM1-CM2 / A1 INTRODUCTIF

• ANGLAIS

Jeanne et le London Mystery
CLAUDINE AUBRUN
ET STÉPHANIE BENSON
LONDRES (Angleterre)

Florimond à la recherche du Oxford Treasure
YVES GREVET
OXFORD (Angleterre)

Blanche-Neige et la Magic Frog
STÉPHANIE BENSON

Boucles d'Or et les Strange Bears
STÉPHANIE BENSON

Valentin et les Scottish Secret Agents
CLAUDINE AUBRUN
ET STÉPHANIE BENSON
EDIMBOURG (Ecosse)

Jeanne et le Fake London Manuscript
CLAUDINE AUBRUN
ET STÉPHANIE BENSON
LONDRES (Angleterre)

☺☺☺☺ / 10-12 ANS / DÈS LE CM2-6e-5e / A1 DÉCOUVERTE

• ANGLAIS

Hannah et le trésor du Dangerous Elf
STÉPHANIE BENSON
DERRY (Irlande)

Tom et le secret du Haunted Castle
STÉPHANIE BENSON
AIRTH (Écosse)

Noah et l'énigme du Ghost Train
STÉPHANIE BENSON
DUBLIN (Irlande)

Qui a vu le Phantom of the Opera?
CARINA ROZENFELD
SYDNEY (Australie)

La malédiction du Welsh Red Dragon
STÉPHANIE BENSON
ABERGAVENNY (Pays de Galles)

Wiggins, Sherlock et le Mysterious Poison
BÉATRICE NICODÈME
LONDRES FIN XIXe

• ALLEMAND

Martin et la Mysteriöse Kreatur
ROLAND FUENTÈS
MITTENWALD, HEIDELBERG (Allemagne)

Quatre fantômes im neuen Berlin
ROLAND FUENTÈS
BERLIN (Allemagne)

• ESPAGNOL

Thomas et le misterio Dalí
GILLES FONTAINE
CADAQUÉS (Espagne)

☺☺☺☺ / 12-14 ANS / DÈS LA 5e-4e-3e / A2 INTERMÉDIAIRE

• ANGLAIS

Peter et le mystère du Headless Man
STÉPHANIE BENSON
SAINT STEPHEN (Angleterre)

Lilith et la vengeance du Dark Magician
STÉPHANIE BENSON
LONDRES (Angleterre)

Alex et le rêve de la New York Star
STÉPHANIE BENSON ET JAKE LAMAR
NEW YORK (États-Unis)

Hélène et les Disappearing Gamers
NICOLAS LABARRE
PARIS (France)

Lucas et la Chick Team
MAÏTÉ BERNARD
NASHVILLE (États-Unis)

Zoé et l'élixir of Eternal Life
HERVÉ JUBERT
BRIGHTON (Angleterre)

• ALLEMAND

Emma et la japanische Mangaka
ISABELLE COLLOMBAT
LEIPZIG (Allemagne)

Mathéo et la tolle Mädchen
MYRIAM GALLOT
FRANCFORT-LANDENBURG (Allemagne)

• ESPAGNOL

Benoît et la bande de los Moteros
MAÏTÉ BERNARD
IBIZA (Espagne)

Tournage al Alcázar de Sevilla
LAURENCE SCHAACK
SÉVILLE (Espagne)

Je suis un verdadero Argentino !
LAURENCE SCHAACK
BUENOS AIRES (Argentine)

😊😊😊😊 / 14-16 ANS / Dès la 3e-2nde-1re / B1 SEUIL

• ANGLAIS

Hidden Agenda
CHRISTOPHE LAMBERT ET SAM VANSTEEN
SAN FRANCISCO (États-Unis)

La traversée du Time Tunnel
STÉPHANIE BENSON
EPSOM (Angleterre)

Dylan Dilemma
STÉPHANIE BENSON
NEW YORK (États-Unis)

Mots importants

with = avec
Who = qui
Why = pourquoi
several = plusieurs
cherry = cerise
things = les choses
To find = TROUVER
can = peux
want = veux
I think = Je pense
teacher = professeur
really = vraiment
perhaps = peut être
drink = Boire
eat = manger
story = histoire
where = où
He Loves = Il aime

- To go = aller
- Again = encore
- To call = téléphoner
- pier = ponton
- Elixir eternal life
- To sleep = dormir
- teenager = adolescent

LES PERSONNAGES

Korsakov = nom du scientifique russe qui a créé l'elixir de jouvence

Tim & Daphné = parents de Nicky

Jamal = Syrian migrants

Nicky = English Girl

Zoé = main character
personnage principal

Madame Truchon =

Loi n° 49-956 du 16 juillet 1949
sur les publications destinées à la jeunesse,
modifiée par la loi n° 2011-525 du 17 mai 2011.

Mise en pages : DV Arts Graphiques à La Rochelle
N° éditeur : 10263106 – Dépôt légal : février 2017
Achevé d'imprimer en mars 2020
par Jouve-Print (53100, Mayenne, France).
N° 2953090W

IMPRIM'VERT

MIXTE
Papier issu de sources responsables
FSC
www.fsc.org
FSC® C022030